U0038730

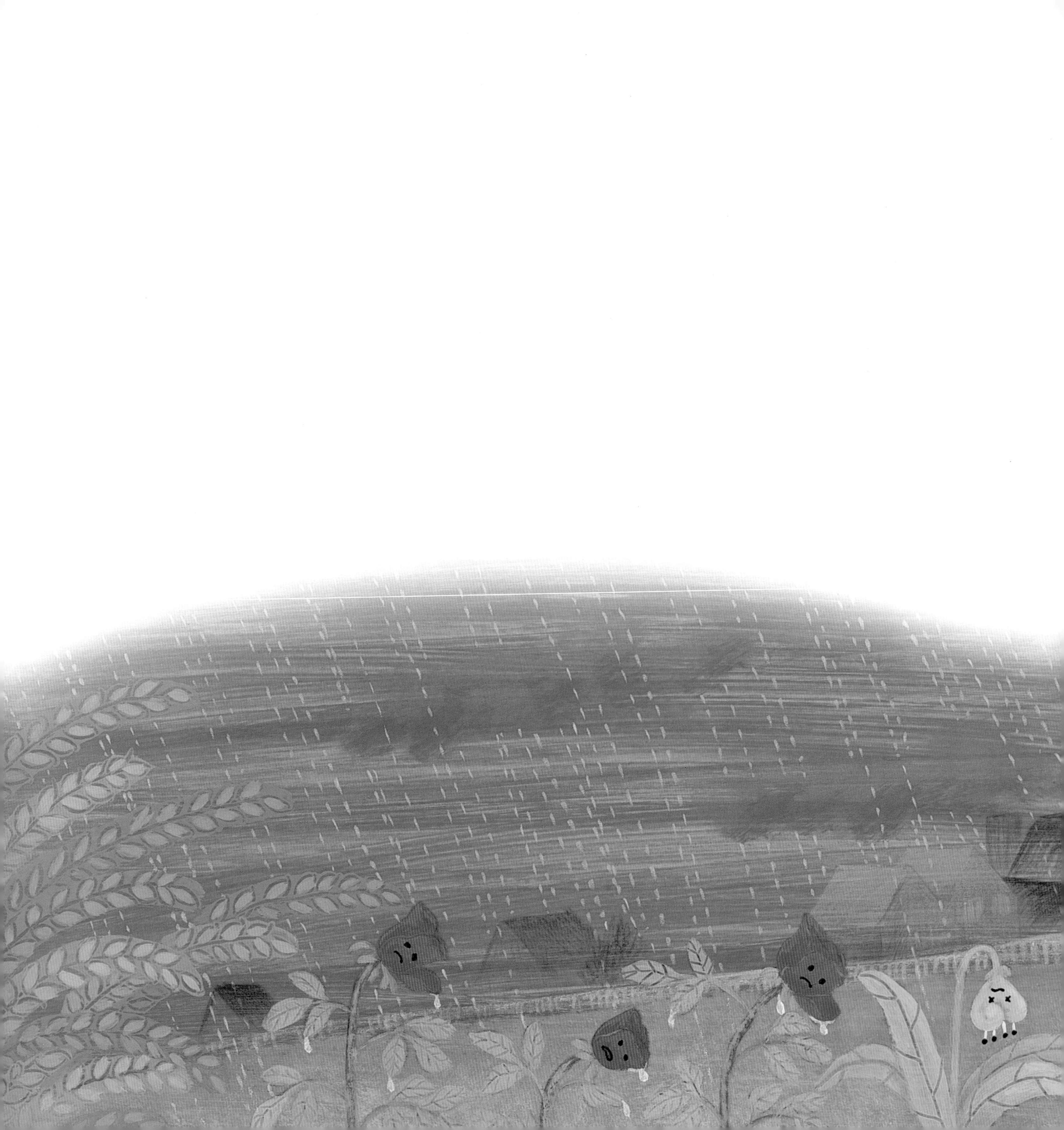

九重葛笑了

國家圖書館出版品預行編目資料

九重葛笑了／陳冷文；吳佩蓁圖. ——
初版. —— 臺北市：三民，民89
面；　公分——（兒童文學叢書.
童話小天地）
ISBN 957-14-3189-3（精裝）

859.6　　　　89003702

網際網路位址　http : // www. sanmin. com. tw

◎九重葛笑了◎

著作人　陳　冷
繪圖者　吳佩蓁
發行人　劉振強
著作財產權人　三民書局股份有限公司
臺北市復興北路三八六號
發行所　三民書局股份有限公司
地址／臺北市復興北路三八六號
電話／二五〇〇六六〇〇
郵撥／〇〇〇九九九八──五號
印刷所　三民書局股份有限公司
門市部　復北店／臺北市復興北路三八六號
重南店／臺北市重慶南路一段六十一號
初　版　中華民國八十九年四月
編　號　S85502
定　價　新臺幣肆佰元整
行政院新聞局登記證局版臺業字第〇二〇〇號

ISBN　957-14-3189-3（精裝）

海闊天空任遨遊

主編的話

小時候，功課做累了，常常會有一種疑問：「為什麼課本不能像故事書那麼有趣？」

長大後終於明白，人在沒有壓力的狀況下，學習的能力最強，也就是說在輕鬆的心情下，學習是一件最愉快的事。難怪小孩子都喜歡讀童話，因為童話有趣又引人，在沒有考試也不受拘束的心境下，一書在握，天南地北遨遊四處，尤其在如海綿般吸收能力旺盛的少年時代，看過的書，往往過目不忘，所以小時候讀過的童話故事，雖歷經歲月流轉，仍然深留在記憶中，正是最好的證明。

童話是人類智慧的累積，童話故事中，不論以人或以動物為主人翁，大都反映出現實生活，也傳遞了人類內心深處的心理活動。從閱讀中，孩子們因此瞭解到自己與周遭環境的關係。一本好的童話書，不僅有趣同時具有啟發作用，也在童稚的心靈中產生了意想不到的影響。

這些年來，常常回國，也觀察國內童書的書市，發現翻譯自國外的童書偏多，如果我們能有專為孩子們所寫的童話，從我們自己的文化與生活中出發，相信意義必定更大，也更能吸引孩子們閱讀的興趣。

這套《童話小天地》與市面上的童書最大的不同是，作者全是華文作家，不僅愛好兒童文學，也關心下一代的教育，我們都有一個共同的理想，為孩子們寫書，讓孩子們在愉快中學習。

想知道丁伶郎怎麼懂鳥語，又怎麼教人類唱歌嗎？智慧市的市民有多麼糊塗呢？小老虎與小花鹿怎麼變成了好朋友？奇奇的磁鐵鞋掉了怎麼辦？屋頂上的祕密花園種的是什麼？石頭又為什麼不見了？九重葛怎麼會笑？紫貝殼有什麼奇特？……啊，太多有趣的故事了，每一個故事又那麼曲折多變，讓我讀著不僅欲罷不能，還一一進入作者所營造的想像世界，享受著自由飛翔之樂。

感謝三民書局以及與我有共同理想的作家朋友們，我們把心中最美好的創意在此呈現給可愛的讀者。我們也藉此走回童年，把我們對文學的愛、對孩子的關心，全都一股腦兒投入童書。

祝福大家隨著童話的翅膀，遨遊在想像的王國，迎接新的紀元。

寫一本如詩的童書

總覺得即使是兒童讀物，如詩一般也是最高的境界。

十餘年前旅居美國時，曾經以兒童讀物作為學習英文的途徑，那時，不僅從頭再念《安徒生童話》、《格林童話》、《天方夜譚》（因為英文程度有限，一開始所讀多屬改寫繪圖本）；也把許多從小耳熟能詳的故事，如《小公主》、《小公子》、《少女海蒂》、《苦兒流浪記》等等，一一尋找出來，藉著熟悉的故事內容，讓查字典的辛苦減至最低。雖然當時年紀業已不小，奇妙的是，但凡讀到美好且超越時空的兒童讀物，仍然覺得趣味盎然，並深深覺得兒童讀物是挖之不盡的寶藏。不要說小孩可以一讀再讀，縱然身為成人，不同的階段，讀來也自有不同的況味，自有不同的收穫。

在那段學英文既苦又樂，既學習又有收穫的日子，有幾位作家是我特別喜愛、仰慕、崇敬的，如 E.B. 懷特〔E.B. White，他的作品有《一家之鼠》（*Stuart Little*）、《夏綠蒂的網》（*Charlotte's Web*），和《天鵝的喇叭》（*The Trumpet of the Swan*）〕及 F.H. 伯奈特〔Frances Hodgson Burnett，她的作品有《小公主》（*The Little Princess*）、《小公子》（*Little Lord Fauntleroy*）、《祕密花園》（*The Secret Garden*）〕，他們的作品都帶給我無限的歡愉。

其中特別是　E.B. 懷特，他的三本書都以動物為主角，故事生動有趣十分引人入勝；在那之前，英文根本尚未踏入門檻，看書，雖然只是兒童書籍，對我來說也是備極艱辛，苦不堪言。每看一書，一邊苦翻字典，一邊長吁短歎，人生之乏味莫過於此。正是懷特先生的書救了我，我不僅沉醉在他所編織的美麗故事裡，更第一次能咀嚼出英文文字的趣味，能領略出英文文字的曼妙；在他如詩一般的文字和故事當中，我總算進入英文的堂奧了。

童話是可以如詩的。我深深感受到了。

E.B. 懷特是美國極富盛名的散文作家，更擔任《紐約客》主編多年，對《紐約客》的風格獨特、融嚴肅與趣味於一爐的內涵，貢獻極大。《紐約客》向來深受中產菁英喜歡，是美國高檔文化旗手雜誌。這樣的主編兼作家，肯為小朋友奉獻一己之力，寫出三本迷人無比的書，也令我別有一番滋味在心頭。

所以，當三民書局在簡宛女士的構想籌畫下，有意約作家為小孩子寫書，我既興奮又欣喜；是的，能為孩子寫一本美妙如詩的書，這是多麼榮幸，多麼值得驕傲的事呀！初初執筆寫《九重葛笑了》時，我只當了婆婆，沒想到如今《九重葛笑了》要出版，我又晉級阿媽，阿媽講好故事給孫兒聽，天經地義；所以，就以此書當作愛孫「中凡」的禮物吧。是為序。

陳冷

兒童文學叢書
・童話小天地・

九重葛笑了

陳　冷・文
吳佩蓁・圖

三民書局

天氣真好！

翠翠走出屋外，全身充滿了歡欣喜悅的感覺。

瞧！天空碧碧藍藍的，好像一大片薄荷冰淇淋。

瞧！白雲鬆鬆軟軟的，好像一球球香甜棉花糖。

太陽公公慈藹的揮著金手杖，柔柔的陽光四處照射著；風伯伯溫柔的搖著大扇子，舒適的微風一陣陣吹拂著。

天氣真好！

院子裡的樹呀花呀草呀，全都快樂的嘰嘰喳喳，說說笑笑。只有角落裡那株九重葛，雙嘴緊抿，呆呆站著，一句話也不說。

枝葉茂盛的樟樹伯伯，關心的問道：「小葛呀！天氣這麼好，大夥兒心情都很開朗，妳怎麼愁眉苦臉的？」

「樟樹伯伯，我心裡有些發悶，噯……」

「小葛，唉聲嘆氣的，有什麼心事呢？說來讓我聽聽。」

「樟樹伯伯，你是知道的，我一直很努力的在開花，不管颳風也好，下雨也好，一點都不偷懶。可是，主人家從沒誇獎過我，我怎麼不難過呢？」九重葛細細說出她的委屈。

在一邊靜靜聆聽的韓國草開口說：「小葛，妳就認命吧！憑什麼主人要誇妳呢？瞧瞧妳，妳既沒有姿色，又不芳香，俗裡俗氣的蠢模樣，哪一點討人喜歡呢？主人肯種妳，已經很夠意思了。」

玫瑰花搖擺著柔軟的腰肢，展開嬌媚的面容，粉紅的小嘴一張，輕輕哼著《夏日最後的玫瑰》的旋律。她說：「小葛，妳不必怨嘆，假如有一天，妳能長得像我這麼又嬌俏又芬芳，主人還會不疼妳嗎？」

小小巧巧的茉莉花，一面吐著芬芳，一面說：「對呀！我雖然沒有玫瑰的美貌，但是我很香；妳聽：『好一朵美麗的茉莉花，芬芳美麗滿枝椏……』這支歌兒多麼動聽，就憑這一點，主人當然多少會看重我。」

最最頑皮的杜鵑花，也在一旁湊起熱鬧的唱：「淡淡的三月天，杜鵑花開在山坡上……」

九重葛想到玫瑰、杜鵑和茉莉等等，都有值得驕傲的歌兒可以唱，心裡更難過，臉色也更黯淡了。

好心的樟樹伯伯十分不忍，一時卻不知道該說些什麼話來安慰她才好，只能伸出手來，溫柔的拍著九重葛。

那天晚上，九重葛做了一個夢，她夢見自己變得非常漂亮，不但婀娜多姿，而且香氣襲人，主人對她更是寵愛有加；她儼然是花園裡的皇后，大家都對她崇拜不已。

九重葛笑得花枝亂顫，得意洋洋；笑著笑著，一陣大風吹來，吹醒了九重葛，也吹跑了她的美夢。低頭瞧瞧自己依舊如昔的模樣，傷心的她，默默的啜泣了。

翠翠一面看著繽紛的花兒，一面興高采烈的跑著，紅紅的腮，紅紅的唇，看上去跟花兒一樣可愛。

跑得一臉通紅的翠翠，一雙辮子甩呀甩的跑進屋裡。

「翠翠，放學了？什麼事跑得這麼急呀？」媽媽關心的問道。

「今天老師交代的功課很特別，我一路急著跑回來，想趕快告訴媽媽。」

「是什麼功課呢？」

「我們今天上自然課，講到植物的生長；老師說不管什麼植物，只要我們把觀察到的各種情況，詳細記錄下來，寫一篇報告，這學期結束以前交給老師。」

媽媽點點頭說：「不錯，這個功課很特別，妳自己有什麼計畫？」

「我們家院子裡種的花不少，所以我想選花作為記錄的對象，可是應該選什麼花呢？我有些拿不定主意。」翠翠看著媽媽，眼神露出期待和依賴的模樣。

「翠翠，這恐怕要靠妳自己仔細觀察；趁著這個機會，妳正好可以多瞭解花的脾氣和習性，不是挺好的嗎？何況老實說，我雖然喜歡花，對花卻實在懂得不多。」

媽媽有意訓練翠翠的獨立與自主性。翠翠雖然有些失望，仍接著加了一句:「老師還說，除了文字記錄以外，最好也能蒐集圖片，或者自己畫圖配合。」

「不錯，有文有圖，圖文並茂，這樣的報告才會充實生動又精彩。」

「媽媽，我想起來了，今年生日時，叔叔送給我那種可拍照的膠捲，正好能派上用場了。」

「這個報告既能夠訓練妳對植物的觀察力，又能讓妳學習如何拍照，真是一舉多得。翠翠，加油喲！」

翠翠點頭不語。

一連幾天，好哭的雨
像個受盡委屈的小娃娃，
哭聲忽大忽小，哭得沒完
沒了；眼見他哭累了，
淚水稍止，不料，
沒一會兒，他又抽噎了
起來，淚水跟著盈眶落下。

雨哭得這麼傷心，惹得
天地也一片愁雲慘霧。
宛囀啁啾的小鳥呀，
翩翩飛舞的蝴蝶呀，
忙著採蜜的蜜蜂呀，
好像都不見蹤影，
不知道躲到哪兒去了。
失去這些小動物的行蹤，
大地好寂寞呀！

小草們望望天色，望望雨勢，不由得唉聲嘆氣，面容失色。

「下雨原是好事，充沛的水分，把我們滋潤得綠盈盈的；可是一個勁兒下不停，真把我們害慘了。你看，腳底下一片汪洋，我們又溼又冷，真不舒服！」說著，小草又長長嘆了一口氣。

紫羅蘭漂亮的紫色小鈴鐺，開得正熱鬧呢！不料淋了一身雨，又猛然一陣風吹來，嬌弱的她打起噴嚏；幾個哈啾下來，紫色的小鈴鐺紛紛掉落，泥濘的地上，只見一片片飄零的碎紫。

玫瑰花沒有力氣賣弄風情，儘管花萼努力的保護著花瓣，經不起風吹雨打，嬌嫩的粉紅花瓣也一一墜地。

就連往日最蠻不在乎的樟樹，也拼命搖晃著枝條，一心一意想把身上太多的水撣掉一些。他懊惱的說：「全身溼答答的，小鳥就是想躲雨，也不願意來我這裡；聽不到小鳥悅耳動聽的歌聲，多麼冷清哪！」

這時，只有小小的九重葛，面對風吹，面對雨打，倒是顯得既不灰心，也不氣餒；她聽到小草的嘆息，也聽到樟樹的牢騷，望望四周的陰鬱和沉重，突然覺得自己更應該振作起來。她心想：「我可以幫一點忙呢，我應該展開笑容，讓自己的紅豔給大地增添一些顏色。」

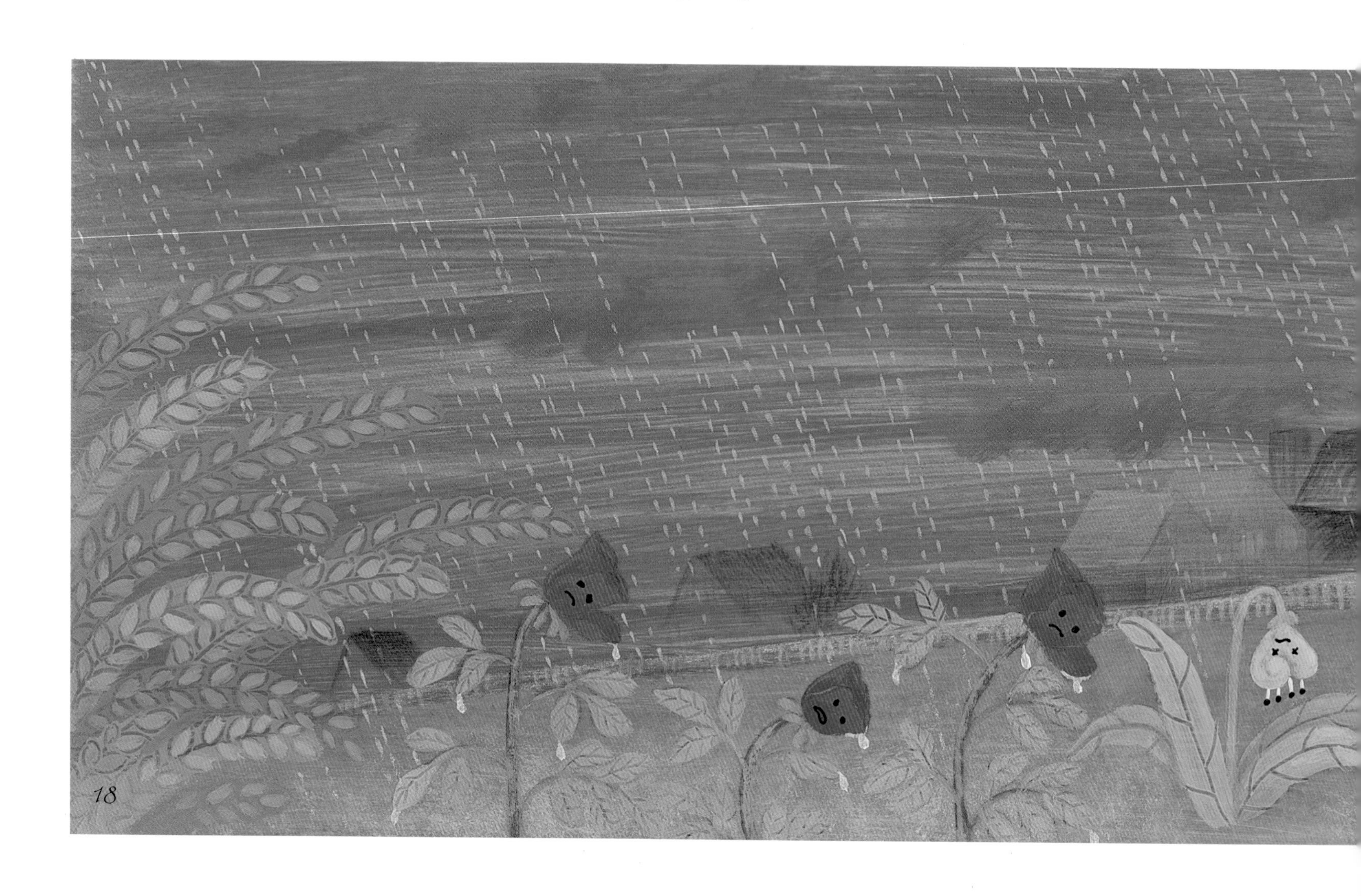

於是，小小的九重葛挺起腰桿，身上的雨水一滴滴掉落地上。

於是，小小的九重葛打起精神，三片一組的簇簇花朵，紅紅豔豔的綻放著。

於是，灰撲撲的院子，好像突然亮麗了起來。

一隻在雨中飛得十分吃力的小蜜蜂，遠遠看見了一簇簇小紅花，連忙飛過來，疲倦的小小身軀，停靠在九重葛的花朵上。小蜜蜂喘了一口氣，嗡嗡的說：「小葛姊姊，真太謝謝妳了。幸虧妳還在開花，否則，我餓得頭昏眼花，真不知道要怎麼辦才好？」

「蜜蜂弟弟，你不用客氣，儘管吸花蜜吧，可惜我的蜜不多，恐怕不夠你吃呢。」

「小葛姊姊，人家說：雪中送炭，妳卻是雨中送蜜；妳的好心我會永遠感激的！」

小蜜蜂吸完了蜜，伸伸手腳，心滿意足的說：「謝謝妳了，小葛姊姊，再見！」

在灰濛濛的四周，到處尋找避雨地方的麻雀，遠遠看到紅豔的九重葛，眼睛為之一亮。他急急忙忙飛了過來，輕輕開口道：「小葛姊姊，幸虧妳開的花好像一盞盞路燈在指路一般；不然四周一片灰暗，我什麼也看不見，差一點找不到樟樹伯伯的蹤影。」說著，小麻雀趕快躲到樟樹的懷裡。

樟樹一面笑著歡迎麻雀，一面說：「小葛，妳今天的表現真出色，樟樹伯伯也要為妳喝采哩。謝謝妳囉！」

小麻雀也跟著說：「小葛姊姊，謝謝妳。」

委靡不堪的茉莉花，忍不住開了口：「小葛今天可出盡了鋒頭。」

九重葛的臉紅了，她害羞的說：「其實如果雨再不斷的下，我也只好投降呀！」

話雖如此，小小九重葛依然暗暗高興著，臉上笑容更燦爛；笑容感染了個兒矮矮的鳳仙花，因此，鳳仙花也在雨中展開了歡顏。

雨雖然下得小了一點，天色依然陰陰沉沉。

翠翠不能出去，心裡有些悶悶不樂，她一會兒站著發呆，一會兒又走來走去，好像不知道怎麼辦才好。正在坐立不安手足無措的當兒，她的視線突然拋向窗外，在雨中神采奕奕的九重葛，將她的眼光緊緊吸引住了。翠翠呆呆的看著小小的花兒，臉上不禁露出若有所思的表情。

她跑進臥室，拿出記事本，開始寫起字來。過了不久，她找出叔叔送的禮物：那捲可以拍照的軟片相機，匆匆忙忙就往外跑去。

媽媽看見了，焦急的大聲說：「翠翠，雨還沒停，地上也溼著呢！妳怎麼往外亂跑？」

翠翠頭也不回的說：「我馬上就回來。」

　　翠翠站在九重葛的前面，
仔細的看了又看，點點頭後
自言自語著：「這株花雖然長得
不起眼，但還真不怕雨哩，
儘管雨水將花朵打溼了，
花兒竟不肯掉落；嗯，
挺有骨氣的，我喜歡。」
說著，她就地拍起照片來。

　　一連拍了幾張不同角度的
相片，翠翠十分滿意，
開心的跑回屋裡。

　　屋外的九重葛乍然
變成小小明星，更興奮得
心花怒放。

翠翠一走進屋裡，媽媽便問道：「妳到底在忙什麼呀？」

「我出去拍照，準備寫報告用的。媽媽，我已經選好了植物記錄對象，您一定猜不到。」

「要告訴媽媽嗎？」媽媽好奇的問著。

「我暫時保密。等多觀察一陣子確定後，也許再跟媽媽討論。」

翠翠收好了相機，坐在書桌前發了一會兒呆。窗外的雨仍然滴滴答答下個不停，可是，翠翠的心情卻開朗多了。如果九重葛不在乎雨，她照樣笑咪咪的開花，那麼，翠翠愁眉苦臉豈非太沒面子了？

「不，我怎麼可以輸給小小的九重葛呢？」

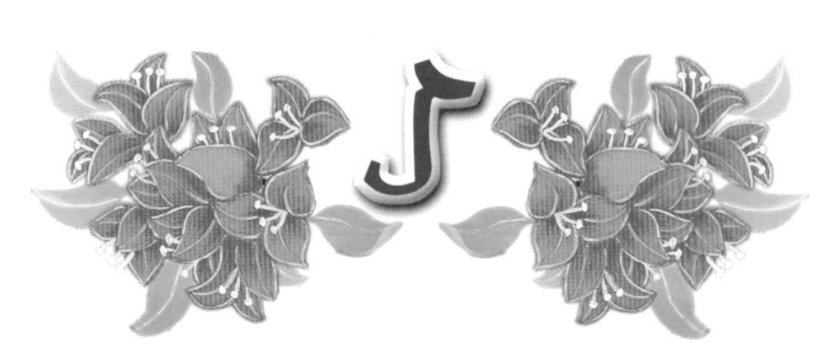

天終於放晴了！

風伯伯搖著大扇子，把討厭的烏雲趕得聞風鼠竄而去；太陽公公拄著金枴杖，笑嘻嘻的走出來。太陽公公對風伯伯說：「你倒是厲害，總算把烏雲給趕走，現在輪到我發威了。」

「喂喂！你暫且饒了大夥兒吧！大家給沒完沒了的雨弄得焦頭爛額，好不容易才喘一口氣，你這時再大發威風，他們怎麼吃得消？老傢伙，你就讓大家歇歇嘛！」風伯伯善體人意的規勸著。

太陽公公不以為然的搖搖頭說：「哪有這回事？我最受歡迎了。一連幾天沒露面，大家一定非常想念我，我怎麼可以讓大家失望？」

太陽公公不管三七二十一，急急忙忙揮動起金手杖，凶猛的陽光狠狠的灑在大地上。

風伯伯對著炙熱的太陽皺眉，一時卻也無法可想，只悄悄的嘆了一口氣。

「嗳！這個老糊塗，真拿他沒辦法。等著瞧吧，到時候大家一埋怨，老糊塗才會清醒過來。」

剛開始時，花呀草呀都對著太陽公公拍手歡呼說：「太陽公公，您好！您終於出來了。您再不露面，我們就會讓愛哭的雨給整慘了。」

太陽公公更來勁兒了，他的金手杖越揮越快，金色的陽光也就越來越猛烈！

風伯伯更焦急了，他想搖自己的大扇子，又怕火熱的太陽再加上刮風，小小植物會更受不了；只好動也不動，暗暗生悶氣。

太陽威風凜凜，不久，玫瑰、茉莉、含笑、茶花等等，全都垂頭喪氣了；小草也顯得口乾唇燥，無精打彩。他們討饒著說：「老天爺！愛哭的雨前腳才走，愛炫的太陽緊接就來，這麼水深火熱的，我們怎麼吃得消？老天爺呀！老天爺！您太欺負我們了，求您發發慈悲好不好?」

太陽公公聽見小草小花訴苦連連，想到風伯伯的勸告，又羞愧，又懊惱；急忙收起金手杖，躲到雲層後面去了。

樟樹鬆了一口氣說：「小朋友們，別哭喪著臉了，太陽總算溜走，你們快笑一笑吧！」

小小九重葛怯怯的先開口：「對呀！讓我們一起打起精神來！」

樟樹伯伯突然看了九重葛一眼，點點頭說：「小葛，妳是不怕太陽的；我好像記得太陽照得越猛烈，妳的花兒開得越熱鬧；對吧？」

九重葛輕輕低語：「真奇怪！我倒是很喜歡太陽，陽光越猛烈，我的精神反而越好；陽光越炙熱，我反而越是興高采烈。」

不錯，在大太陽的威力下，玫瑰、茉莉都委靡不振，小草更是奄奄一息；相對之下，九重葛顯得枝葉亭亭玉立，花兒生氣勃勃，看上去竟然十分動人，十分可愛。

「小葛，玫瑰嬌豔，
茉莉芳香，妳則是生命力
旺盛；大家各具特色，
各有千秋，沒有誰是比較
了不起的！」樟樹伯伯
持平的表示著。

一向心高氣傲的
孤挺花，正想提出異議；
翠翠突然從屋子裡
跑出來，她的手上拿著
軟片相機，站在九重葛的
面前，全神貫注的拍起
照片。拍好了相片，
她喃喃自語著：「這株
九重葛還真是了不起，
既不畏風雨，更不怕
太陽，我選她當作記錄
目標，可一點也沒選錯。」

正在這個時候，小蜜蜂和小麻雀也全飛過來湊熱鬧；他們爭先恐後搶著開口：

「小葛姊姊，小葛姊姊，上一次幸虧有妳幫忙，太謝謝妳了！」

「小葛姊姊，妳真好，我很喜歡妳！」

小小九重葛害羞得臉紅耳赤，孤挺花緊緊閉上嘴，不敢再多開口；倒是樟樹伯伯拍著手說：

「小葛，小蜜蜂和小麻雀是妳的知音喲，他們都知道必要時，可以求助於妳。倘若以後要選最好心的花卉，妳的得票數恐怕會一路領先呀！」

學期結束了。翠翠回家時，臉上的表情既興奮又得意，媽媽看在眼裡，忍不住問道：「翠翠，什麼事這麼高興？發成績單了，考第幾名呢？」

「媽媽，我的成績進步很多，老師很誇獎我；不過，最開心的事卻是我贏得了一個特別獎。」

「特別獎？哦！是什麼獎呢？」

「媽媽，您還記得那篇自然的報告嗎？就是那篇報告，老師說我的觀察最細密，寫得最精彩，所以頒發一個特別獎給我，老師還強調那是五星獎，全班只有一個！」

「是那篇記錄報告呀！妳曾經說要暫時保密，以後再跟我討論；後來妳就沒再談起這件事。對了，妳到底記錄哪一種植物？」

「媽媽，您一定猜不到吧？是九重葛。」

「九重葛？為什麼是九重葛？我真的猜不到。」媽媽的表情有點納悶，也有點訝異。

翠翠春風滿面的笑著說：「當我確定記錄對象是九重葛時，我就準備不告訴媽媽了，因為我實在沒有百分之百的把握；如果報告沒有意義，也許我必須從頭來起；幸虧九重葛沒有讓我失望。媽媽，其實，九重葛功勞最大，因為她，我才會得獎！」

媽媽若有所思的望了翠翠一眼，她心裡想著：女兒長大了，我竟然沒有發現。九重葛究竟扮演什麼角色呢？

翠翠將報告遞給媽媽。接過報告，媽媽迫不及待的翻開；在最後的結語中，媽媽看到翠翠這樣寫著：

經過這一段時間的觀察，我發現平常很少留意的九重葛，雖然身上長刺，而且也不算漂亮，但是最令我刮目相看；九重葛花期十分長，幾乎兩三個月下來，別的花早就謝了，只有九重葛開花從未間斷；最了不起的是，她不怕風雨，更不怕太陽，總是開得認認真真、熱熱鬧鬧、快快樂樂的。所以，從小小的九重葛身上，我學習到很多東西。

在密密麻麻的紅圈圈後面，媽媽看到老師的評語寫著：

妳的觀察力非常敏銳，竟然會注意到九重葛的長處，九重葛平凡之中的不平凡；真是不簡單！老師的家裡也有一盆九重葛，但是，一直到看了妳的報告，老師才知道她的可貴和可愛。謝謝妳，翠翠，以後老師再也不敢小看九重葛了。

讀完老師的評語，媽媽不禁說：「翠翠，妳寫得實在精彩、有趣，難怪老師給妳特別獎，連媽媽都佩服妳；從此我們家的九重葛，媽媽要好好照顧、好好施肥澆水，過去媽媽太對不起她了。」

「媽媽，不能澆太多水喔！要等土乾透了，才可以再澆水呢！」

「翠翠，妳好厲害，變成專家了！」

媽媽愛寵的微笑著，翠翠眉飛色舞的拉著媽媽的手，兩人走到院子裡，站在九重葛前面。翠翠說：「媽媽，我們以後買很多很多的九重葛來種，好不好？」

媽媽還沒來得及回答，小小九重葛已開心的笑了，她笑得花枝亂顫，她笑得手舞足蹈；弄得院子裡的花花草草樹樹，不禁都笑得東倒西歪，媽媽和翠翠更相對大笑不已。

開心的笑聲傳到樹上，小麻雀也吱吱喳喳的笑了。

太陽公公、風伯伯也都笑得璀璨亮麗，喜氣洋洋。

啊！大地是多麼美好呀！

給媽媽的話

九重葛別名三角梅，屬紫茉莉科常綠蔓性灌木。枝條未伸長時成灌木，可修剪為庭園樹，綠籬笆或盆栽；枝條伸長後，就變成蔓性植物，可做花廊、花牆等；觀賞價值很高。

九重葛原產南美與熱帶地方，不過臺灣栽培非常普遍。花期因品種而異，全年均能見到花開，但多數品種集中於 10 月到 3 月開花。花形有單瓣、重瓣之分，顏色則有紅、粉紅、橙紅、橙黃、紫紅、紫色和白色等。

九重葛性喜高溫，日照要充足，花才會開得鮮豔又美麗。

陳　冷

陳冷是新出爐的「阿媽」，卻是資深的報紙主編與作家。在臺灣曾擔任過《臺灣時報》、《臺灣日報》副刊主編；旅美時曾在美國《遠東時報》、《中報》、《北美日報》擔任編輯。報紙編輯工作加起來將近 20 年。

報紙工作以外，則寫作不輟，曾主編《我最喜歡的詩》，並出版《櫻花落時》、《玩具情人》等小說及隨筆。創作雖是一生至愛，有時卻也不免見異思遷，見獵心喜；所以另外尚譯有《吸血鬼黎斯特》、《飛抵聖境》等書。

為兒童寫故事是多年來的夢想，升級阿媽後，更心心念念，要為愛孫，暨所有可愛的孩子們，寫更多可愛的兒童讀物。

吳佩蓁

1973 年出生於臺北，畢業於復興商工美工科，曾做過出版社美術編輯，1998 年春天辭掉工作後開始在家專職畫插圖。畫過教科書、雜誌、報紙、書籍等插圖。現在是「繪本 FUN 團」的一員，有過一次聯展和個展。

從小就愛塗塗畫畫的她，長大後，讀書和工作也都和畫畫有關。而且將畫圖畫書視為最喜歡的事，要永遠地畫下去，讓大家和她一起進入美妙的圖畫世界。

她帶有童趣的畫風，使她作品中充滿了溫暖明亮的色彩，並洋溢著輕鬆愉快、直接純真的感覺。

兒童文學叢書

童話小天地

- ◆丁伶郎
- ◆九重葛笑了
- ◆石頭不見了
- ◆銀毛與斑斑
- ◆奇妙的紫貝殼
- ◆奇奇的磁鐵鞋
- ◆屋頂上的祕密
- ◆智慧市的糊塗市民

為孩子寫～彩色的夢

想知道

丁伶郎怎麼教人類唱歌嗎？

智慧市的市民有多麼糊塗呢？

小老虎銀毛與小花鹿斑斑怎麼變成了好朋友？

奇奇的磁鐵鞋掉了怎麼辦？

屋頂上的花園裡有什麼祕密？

石頭為什麼不見了？

九重葛怎麼會笑？

紫貝殼有什麼奇妙的力量？

讓我們隨著童話的翅膀，一同遨遊在想像的王國～

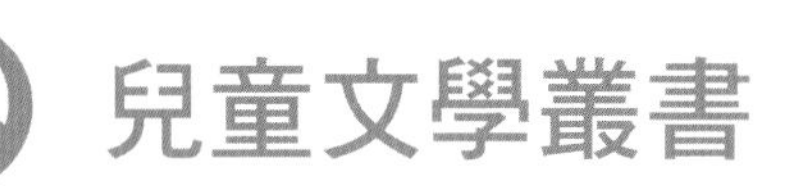

小詩人系列

民生報、文建會「好書大家讀」活動推薦好書
行政院新聞局第十六次推介中小學生優良課外讀物

國內著名詩人、畫家一起彩繪出充滿魔力的夢想，
要讓小小詩人們體會一場前所未有的驚奇！

◆樹媽媽◆童話風◆螢火蟲◆稻草人◆網一把星◆穿過老樹林◆小孩與鸚鵡◆雙胞胎月亮◆妖怪的本事◆到大海去呀，孩子◆我的夢夢見我在夢中作夢◆家是我放心的地方◆夢中音樂會◆魚和蝦的對話

你看！

月亮竟然鬧雙胞？還有魚蝦在空中撈星星？
哇！我的夢還會在夢中作夢呢！
詩人、畫家用詩句和畫筆為孩子們創造了詩的天堂，
將你天馬行空的幻想，變成一篇篇動人的詩句和美麗的圖畫。